하늘 호수

KB194926

하늘 호수

2024년 10월 31일   초판 1쇄 인쇄 발행

지 은 이 ㅣ 김명선
펴 낸 이 ㅣ 박종래
펴 낸 곳 ㅣ 도서출판 명성서림

등록번호 ㅣ 301-2014-013
주   소 ㅣ 04625 서울시 중구 필동로 6 (2, 3층)
대표전화 ㅣ 02)2277-2800
팩   스 ㅣ 02)2277-8945
이 메 일 ㅣ msprint8944@naver.com

값 10,000원
ISBN 979-11-94200-30-7

김명선 제4시집

하늘 호수

도서
출판 **명성서림**

시인의 말

땅 위에도 호수가 있지만,
상상력을 넓히면
하늘에도 무한히
배를 띄울 수 있는 호수가 있다
구름은 떠돌기도 하고 멈추기도 하는
다양한 모습으로 산호섬을 이루고
생각을 담아서 떠다니기도 한다.
하늘은 과거의 그리움이기도 하고
흘러보내도 끝없이 변화해 오는
현재이기도 하다.
또한 꿈을 꾸며 바라보는
미래이기도 하다
그래서 이번 시집의 제목은
하늘 호수라 하고 싶다.
생각의 전부가
그곳에서부터 시작되어
내려와 땅의 사물을 그려놓는
그림의 전시장이 되기도 하니까

✳

차례

어둠에 빛이 반사되어 오는
거리를 바라보다
찬연히 별빛이 등 뒤를 감고
당진 어깨에 기대여
등나무 주머니에
이야기를 묻어 두는 집

하늘 호수

별 속으로 그가 떠날 때
내게 색종이 한 장을 남겼다
나는 그가 보고 싶을 때마다
별을 접어 주머니에 넣고 다녔다

한 번도 가 보지 않은 세계
풀고 접고 풀고 접기를 수천 번
별은 얼마나 멀고
얼마나 얼굴을 오래 감추다
사라지는 것일까

낡은 색종이에
파랗게 피는 별
나는 꿈속에서도
추상화를 그리듯
빗금 치는 세월을 건너며
별을 접어 넣고 있었다

오로라 — 1

세상은 당신이 있어 꿈을 꾼다
북유럽의 오로라가
천천히 다가와
가슴속에 블루와
레드와인으로 물들이며

정확한 거리를 두고서
투시하는 당신을 거쳐
시간을 밟고 지나간다

간혹 사랑이 넘치며
눈물을 흘린다

눈물은 맑은 옹달샘으로 고여서
투명한 달빛을 통과하게 된다

오로라 — 2

빛은 동그란 우주를 그리고
넘치면 블랙홀에 빠지고
혼란한 색들이
별의 슬픔을 먹고 찬란해진다

당신이 있어
세상이 덩달아 꿈을 꾼다
내일을

모두 다 사랑이다
우리는 빛의 세계를
달리는 오로라다

언어의 소통

활력소가 충전되는
화려한 시간

말미잘 덩굴손이
자라나고 있다

미치도록 번지는
복합 색의 융합

역동적인 음률을 타고
의식 부분에 걸쳐진 자아

부챗살로 퍼져
문장에 숨어 있는 밀어들이
허공을 질주하다 내려앉아
마디마디마다
덩굴 꽃을 피운다

그는 섬돌 위
꽃말을 들을 수 있는
물잠자리였으면

별들의 여행

그렇지
인연은 돌고 돌아 다시 오는
필연성 같은 것이면서도
우연이었던 걸

어린 왕자의 여행지
비밀의 정원에 핀
수만 송이 꽃들 중

그중 하나로 선택된
꽃을 안고
그렇게 올 줄 몰랐지

아주 먼 길도
익숙한 고향 안처럼
많은 별 중에서도
유난히 밝은 빛을 띠며
공허하게 웃었지
멀어지는 공간을 보며

디딜 수 없는 구름 층계
우리는 가끔 만나는
떠돌이 별이었을 뿐

빌려 온 시간 — 1

그 집은
여름 무더위같이 지루했다
발의 지문을 지우는데 수십 년
'걸림돌이 너무 많은 탓이야'

범람하는 감정이 날아다니며
가위에 눌린 괴로운 잠 속에
연인의 눈을 쏘았다

무중력의 공간 위로 꿈틀거리며
번지는 애벌레들도
파먹다 만 시간도
여인의 찌든 생각도
알맞게 숙성되었다

낮에는 그늘진 등나무 밑
책 속으로 기어들어가
감성의 로망을 맞추었고

내리쏟는 사색의 햇살은
눈부시도록 등나무잎을 헤집어
한 몸이 되려고 하였다

빌려 온 시간 — 2

어느 날엔
저 멀리 잡음과 섞이는
옥상 위로
세상이 다 잠기기 전까지
처음 것들과
낡아진 것들 앞에
나는 손을 포개어
금 밖 연결된 다리에
혼돈스러운 우리의 시간을
반월로 그리고 맞춰 건너갔다

그 집에선
달빛이 제일 잘 드는 창에서
뿌리 상한 연인의
머리카락을 뽑아서
두 다리 사이로
뻗치고 일어나는
사철나무에 걸쳐 두었다

풀벌레가 금강처럼
울렁이며 우는 푸른 밤에

잔영

당신은 이 세상에
제일 아름다운 그림 속 풍경
내 비밀의 장미 정원은
가시와 슬픔이 분해되어
유화로 얼룩진
향기가 가득하다

감성이 샘솟는 듯한
그림 속 당신은 누구신지요?

고통 속에 묻어 있는
보이지 않는
덤불인가요

님의 그 먼 숲

님이시거든
꿈속이라도 품어
부신 햇살 가득 채우리이다

이쯤 숨긴 마음
아직 꿈속인데
서러이 꽃잎 날려
봄 지고 말았어라

그 먼 숲
가끔 들춰보며
못다 한 오늘
눈물 지우리

의지하며 한세상

세상 무게 힘들어지면
내 어깨에 머리 기대라

손에 손 맞잡으면
따뜻한 온기
그대 내게 있고
그대 사는 곳
내가 있으니
그 어디라도
무슨 걱정이리오

그런 일 저런 일 숨 가쁘고
인연은 멀리서 친숙하게
손 내밀어 오는 것

온 길 가다 보면
보이지 않아
또 홀로 같은 것
그 또한 외로움은
햇살 속에 사라지는 것

사랑의 바람

나의 목이 열려라
크게 크게
그가 있는 곳으로
메아리가 되도록

나의 생각도 날으렴
멀리멀리
그가 있는 곳으로
구름처럼 드멀리

하고 싶은 말
노래가 되어라
보고 싶은 맘
꿈길아 열려라

어서어서
그곳이 가깝도록

그래도 지구는 돌고

대지는 삭막하기도 하고
불꽃으로 뒤흔들리기도 한다

여인들의 웃음이
되살아나면

비행의 밤에
화려한 꽃들이여

서로가 서로를 기대어
빈약한 촛불 같은 간들거림으로
시작되는 밤샘

마지막일지도 모르는
지구는 껍질을 벗고
돌기만 했을 뿐

아무것도 없는
평면의 일상일 뿐

저물 무렵 산속

해 떨어지자
아무도 지나지 않는 산속
마당 뜰엔 멍이 든
보라색 도라지꽃들이
어둠 어슴푸레 차가운 빛 띠어

가끔 바람이 찾아오면
문틀을 당기고 지나간 자리
옛일 같은 것이 혼자 떠돌다
적막 안에 만드는 그림자들

짧은 여름 해 잠드는 산골짝
잔등 너머 하얗게 어려와
자꾸 흔들리는 밤꽃 수만 송이

무지개 나라

사랑하는 나의 아버지
태초 원시림 속
비늘 퍼덕이며
날아오르는 공상의 세계

그는 내가 접어 논
종이 위에 무지개색을
매일 풀어 놓으신다

완성의 자유를
평화 속에 누리게 하는
그윽한 호수를 닮은
눈빛 깊어 오면
수정다마를 돌려

그가 비친 햇살
밝아 내리는 유년의 집에서
인형 치마에 프릴을 달고
그가 사 준 노란 리본을 날리면

열리는 환한 유채밭 세상
그 위로 내가 접은
팔랑개비가 돌고 있다

여름 소낙비

안개 산 감고
사선을 긋던 세월 틈 사이로
억수로 비 쏟아져
수런거리는 잡음들

흔들리는 생의 부분
낙숫물 튕겨
깊이 파인 자리

맴도는 기억 어디쯤
새어 나가는지
여기저기
흩어지는 물방울들

짝사랑

마음속 무심히
떨군 꽃씨 하나
울 안에 저 홀로 피어
눈시울 붉히며
우거집니다

세상에 아직 그대 있어

님이시여
그해 봄날 오셔서
종일토록 쟁쟁히 귀익던 말
가슴 가득 채웠으니
세상 슬픈 일도 잊고 갑니다

놓아 버린 손
흔들리는 먼 기억이라도
아직 내가 있는 세상
그대 있어

단 하루 묶어 놓아도
행복한 날인 걸

반쪽

공허한 하늘 속
여윈 초승달
강물 깊이 숨어 있는
남은 반쪽

새벽을 매달고
자맥질하여 비어내면

깎아 낸 남루한 사랑의 빛
내가 너로
너가 나로
비워야만
완전한 사랑이 됩니다

가끔 지나가는 밤

저물 녘
홀로 남겨졌을 때
사뿐히 들어앉는 이

그림자 하나
번뇌 한 타래 얽히며
잠들지 못하는 밤

저 논둑 가득한
개구리 울음소리
오늘 밤 내내
가슴 가득 메어오면
지쳐지오리

놓아라
수만 번 들며 나는 상념들

삶은 전쟁터

삶의 지친 부대낌으로
혈관 속은 탁한 피가 돌고 있었다
솟구쳐야 터지는 응혈
고르는 호흡 속에
손사래를 친다

누가 없느냐고
아무도 들을 수 없는 진공 상태
옥죄인 긴장 속
인생의 정점을 향해 돌진해도

대기 중에 엇갈리는 길들
그 속은 항상
자신과의 피 터지는
싸움터였다

그래도
전진만이 사는 길

갇힌 기억 너머

둘이 있을 때도
혼자 있을 때보다
더 큰 외로움

이별 그 이후
오후 흔적 속으로
낯익은 사내
저만큼 멀어져가고

어둠 내린 휘장 안에
하루 봄바람이
계절을 맴돌아
꽃비를 흩트리고 있었다

이미 잘린
허공을 딛고 서서
버린 날짜 속을 서성이며
누가 자꾸
나를 부르는 것이냐

만날 인연이면
세상 끝에서도
만날 터인데

손때

내가 버렸다 하여
버려진 것이 아니구나
그가 가버렸다고 하여
아주 간 것도 아니고

그 문에 손때 묻어
매일 여닫는 소리마다
그가 있구나

운명 사이 사이로

비켜 갈 수 없을 땐
둔탁한 시간에
자벌레를 놓아둔다

제멋대로의 몸놀림
한가하다 못해 지루해지고
설정된 설계도는
실루엣 막을 쳐 놓는다

운명의 출발점
오직 그분만 아시는
나의 정체성

그분이 정해 놓은 밑그림 속에
좁은 시야를 넓히며
새로운 시도를 해 본다
오직 믿음 하나로

눈 오는 날의 오후

하늘을 떠돌다 가라앉는
눈꽃 속에 조각난 삶의 상처를
잔설로 휘날리고 싶다

추락하는 알몸뚱이를
도시 속에 감추고 싶은 오후

거리에 쏟아져 나오는 사람들 속에
신발의 지문을 닦아 내고 싶다

그림자 없는 시간 속으로
사람들이 떠밀려 가듯
사라지고 싶은
눈 오는 날 오후

만월

최초에 뵈는 빛이
산을 비치며
반영되어 서서히 떠올랐다

만질 때마다
실상이 아닌 허상의 달은
만월로 차서 선명한 길을 가르며

언젠가는 만날 수밖에 없는
예정된 시간 속

무한한 공간을 차지하고
지구 밖 궤도로
내밀한 생각들이 차오르며
원을 그리고 있었다

문틀 사이의 계절

침묵은 내 문턱에서
먼지 자국을 남겼다

열리지 않는 문
자주 드러눕는 침상엔
이불이 낙엽 감기듯
몸을 감고 오랫동안
계절이 지나가는
소리를 듣고 있었다

머리칼 사이에 낀 때 같은
기억도 있었지만
아직 말하지 않은 아쉬움

창틀 머리엔 울컥 넘치는
봄꽃들이 사라지고
졸리운 잠 속에
남은 말들이 서성이고

한때
날아올라 꽃이 되고 싶은
내 꿈도 화려했지만....

두바이 야자수 그늘

야자수 그늘 드리운 거리
멈춘 시선 너머
오가는 이방인들
나는 멍때리는 시간

무념의 세계 속을
꽃들도 지나가고
그 위 구름 멀리
날리는 생각들

중독된 마력의
코코넛 커피
그림 안 생각을 말아
천천히 음미하고 싶어
다 마시고 나면
아쉽겠지만....

완성은 어디에

내 나이 청춘일 때
무엇이 완성인 줄 모르고
무조건 달렸지

그걸 알기까지는
정말 많은 시간이 필요했지

이제 허허로운 벌판
두 팔 벌린 허수아비같이
바람과 한가히 놀아도
좋을 시간

그래,
어느 가수가 노래했듯이
인생은 완성일 수 없는
미완성이지

은혜지

참 거친 바다 항해를 돛도 없이
거침없이 헤엄쳐 왔네

내 머리 회전마야 고맙다
내 손과 발 모두 고마워

제일 고마운 것은
내 모든 걸 아시고
지키셨던 이지

죄와 가까워질 땐
노심초사 길을
가르쳐 주시고
막힌 문 열어 주시던
나의 사랑하는 주님

이만큼 살아온 것은 은혜지
암 그래
은혜고 말고

5월의 둥지

파랑새는 허물어지는
낡은 둥지를 차올라
오월 푸르고 향기 짙은
나무에 새 둥지를 지었습니다

그곳은 우거진 녹음 속에
파파야 나무 위에 둥지여서
파랑새는 창공에 매단 날개로
속박됨 없이
서로가 자유롭습니다

다른 하늘을 날고 있어도
손을 놓아 버려도
약속도 없이 밀림 속 둥지를
찾아오는 파랑새들

어김없이 그곳으로
돌아오곤 하였습니다

나비 떼

푸른 잎을 타고 오르는
수없는 나비 떼들 춤사위

그날은
환각 속에 피어오르는
안개등 같아 안을 헤매 돌다
접히는 날개가 되곤 하지만

그날같이
유순한 세월을 지나면
가슴 가장자리 쉼터
낙화하는 황홀한
나비 떼로 살 수 있다면

박제로 된
나비가 된들 어떠랴

시간이 저무는 길을

나팔꽃처럼 활짝 피어서
오후 시간이 무르익을 때
우리는 숲길을 걷고 있었다

보이지 않아도
자꾸 걷고 걸어서
기억 속으로 들어갔다

달이 뜨고
달이 다 이울도록

미처 낡지 못한 기억은
파랗게 멍으로 퍼져
하늘 귀퉁이에서
반짝이고 있었다

대나무의 노래

숲 안에 속없이
빽빽하게 자라서
그늘을 드리우고

바람 불 때마다
음열로 차고 올라

마디마디
말을 채워 넣을 수 있는
속 빈 대궁

너는 내 안에
울창한 대나무 숲

씨방이 없는 나무

씨방에 씨 없음을 서러워하리
수만 송이 설원에
설유화 피어 내리는 밤

여태 한 잎도 열지 못해
초조한 시간 건너에
지치는 겨울나무

슬픔이 넓게 번지는
마른 나무 등 뒤에
나는 꽃잎으로 날아가
문신이 되고 싶네

넋두리 — 1

진종일 서있는
나무를 바라보며
일상의 불만을 터트리는 건
얼마나 하잘 것 없는 짓인지

지치도록 서있는
나무에게 다가가
외로움을 이야기 한다는 건
얼마나 어리석은 짓인지

마지막 한 잎을 달고
바람에 시달리는
나무에게 기댄다는 건
얼마나 뻔뻔한 짓인지

넋두리 ― 2

겨울에도 옷을 벗어야 하는
나무에게 다가가
인생의 고통을 호소한다는 건
얼마나 잔혹한 짓인지

햇빛이 녹아내리는 아스팔트 위
버린 시간을 무료히 버티는 세월은
또 얼마나 부질없는 짓인지

내 고향 그곳에

버스가 달리는 오솔길로
가끔은 억새 깃털로 휘날려
깊은 산골로 들어서면
나뭇잎 붉게 내리는 가을
바람 소리로 휘돌아
돌아다니고 싶다

노을은 점차 제 무게로
내려앉는 숲 건너편
놓고 떠났던 빈집 한 귀퉁이에
패랭이꽃으로 번지는 나의 꿈

파랗게 번지다 지는 빈 뜰
어머니 자장가 소리 깊어지고
내 잠 속도 깊어 가고
두고 온 고향은 아득하여라

나비 편지 — 1

저 멀리
작열하는 태양으로
어룽져 보이는 얼굴
여태 가슴 한 켠
가시넝쿨 같은 이여

당신은 왜 파문 위에
이는 물결로
닿아도 닿아도 멀어지는가

수양버들 모근이
세월처럼 늘어나
머리카락을 흐트리고

당신이 띄웠던 연서는
옅은 바람일 때마다
하염없이 지는
벚꽃처럼 아련해서

아직도 저린 듯 침묵의 길은
끊임없이 아득해진
말들로 돋아나는데

나비 편지 — 2

탈출하지 못한 시간 사이에
창틀에 묶인
먼 풍경을 바라보며
수십 년 갈잎의 연서에
답장을 쓰렵니다

진정 가슴 한 켠 품어 온
접어도 접어도
접히지 않는 긴 편지

넝쿨 숲 사이

마음속에 상록수
한 그루 심었네
언젠가 모르게
우거지는 녹음

초록 숲에 파랑새
함께 어우러진 코러스에
맞추어 춤추는 물결

물 위에 또 하나의 숲이 자라고
지상의 숲과 지상의 물그림자
어느 것이 진짜인지

물그림자라고 깨닫던 날
이미 파랑새는 사라졌지

무인도

아무도 살지 않는
노을 물든 저녁녘
무인도에 나는 한 그루
상록수를 심었지

돌아오지 않는
새가 매달렸던
나무를 생각하며
혼자만 깊어 갔지

깊어만 가듯 상실의 숲은
저 홀로 무던히도 피고 지고

어이없는 청춘가

나는 자꾸 타오르고 싶었어
자꾸 솟구치고 싶었어

헌 옷 벗어 내던지듯
훨훨 자유롭게

화살같이 지나간
시절도 모르는 채
날개 풀어 헤치며
겁 없이 뛰어드는 불새처럼

날개가 부러져도
세상 다 휘저을 것 같은 열정

무서울 것 없는 시절
마음은 한창
누군가 웃을지 몰라
언제 철들까 몰라

잊힌 남자

반평생 살아도
기억 속에 없는 남자
그냥 세상 법칙 안에 산
어떤 아내의 느낌 없는 남자
그저 지긋지긋한 남자
정말 매력이 없는 남자

감사함으로

대지의 중심 속으로
내려앉는 무게의 중심
세상 사람 누구인들
주인공이 아닌 사람은 없다

요동치는 빛의 반사로
열리는 아침
모두 다 행복의 날개를
달고 싶은 사람들

초록 잎 사이로
싱그러운 햇살 밝은 거리로
산책하듯
오늘 하루 살았으면

백 점짜리는 없는 인생
모두가 미완성품
작은 것에도 감사
하루 사는 것까지도 감사

동일성 — 1

당신 눈을 바라보고
당신 눈 속에서 나를 봐요

당신이 어디 있는지
궁금하지 않아요

당신 심장 속에
누가 살고 있는지
이미 알고 있으니까요

그 어느 곳에 있더라도
당신의 고통을
금방 알아채지요

광년의 빛같이 멀게 보여도
폭포수로 떨어지는
그 어떤 힘에도
우리를 감당치 못할 거예요

외로움을 동그랗게 말아
서로 감싸 안고 있을 동안은

동일성 — 2

그리움 가득한 어떤 날은
무지개다리를 높이 띄우고
건너다니지요
우리만 알고 있는 통로예요

자고 일어날 때
왜 아침 햇살이
청명한가를 알고 있지요

당신 마음을 담고 있으면
세상은 아직 저물지 않아
단풍으로 곱게 물들지요
시간이 없는 세계처럼

그대 아직
내 마음속에 살아 있음에

12월 마지막 날

나는 오늘 투숙할 것이다
시계꽃 안에
깊어지는 꽃 심지 속
똬리를 틀고

시계꽃은 어김없이
12개의 바늘과
12개의 다달
달력에 배치된
빼곡한 날짜들

꽃 심지는 매일
중심에서 요지부동

마지막이며
시작되는 연속성
비밀한 무엇이
시간과 날짜에
예견되어 있는 것일까

달아 달아 지구를
좀 천천히 돌아 줄래

바람 같은 순간이라도

나는 오늘 당신 손을 잡고
가 보지 않은 길을
가 볼 거예요
보름달이 구름 속을
유영하는 달이 되어

밤길 걸으며
곳곳이 쏘아 붙는 듯한
당신의 깊은 눈을
바라볼 거예요
아득하고 먼 곳이지만

낙엽의 옷을 걸치고
바랜 세월 속에 서 있어도
나는 당신인 줄 알아요

바람처럼 내 곁을 스쳐도
당신의 바람 소리는
금방 알아채지요

이젠 그 바람 소리조차도
놓치지 않을 거예요

순간은 영원

영원한 것은 없다
꽃이 아름다운 건
영원하지 않아서지

인생은 유한성에서
무한성을 건져 내는 작업이지
유한성의 가치는 무한하지

광주의 푸른 길 — 1

그녀는 야윈 팔을 늘어뜨리고
사시사철 옷을 갈아입고
바람인 줄도 모르는
우리를 묵묵히 기다려 주었다

간혹 그곳을 지나칠 때면
다소곳이 지친 이야기를
들어주고는 해가 눈부실 때면
채양이 되어 그늘을 주고
가끔은 새들을 불러 모아
노래를 들려주곤 하였다

불완전한 생각들이
그녀에게로 가면
서서히 회복되어
머리가 빨래 깃으로
맑게 날리기도 했고
어머니 품속 같은 그곳을
사람들은 오갔다

광주의 푸른 길 — 2

밤이면 숲으로 살아 오르는
가로등 아래 하얗게 바래 보이는
사람들의 얼굴은
달 속에 사는 사람인 듯 몽롱했고

손을 맞잡은 동그란 우주는
그녀의 사랑의 표시이므로
터널을 지날 때마다
사람들은 행복해했다

사색의 강이 넓어지는
숲길을 걷거나
등 의자에 앉아
시간에 넋을 잃고 있을 때

이곳은 예전
광주의 기찻길이어서
가끔은 기적소리가
꿈결처럼 살아나곤 하였다

그림 속 사람 — 1

한 폭 그림에 서 있는 두 사람
꿈길로 헤매 돈 세월
아랑곳없이 한 곳에
늘 같이 있는 그림 한 장

여윈 나무들이
그늘을 밟고 오는
음양의 빛 사이
노래가 맴돌아
한여름 기억 울창하다

그림 속 사람 — 2

지나간 묵은 그림 속
그의 웃음이 번지며 환하다

나는 넘칠 듯 내려오는
덩굴 나무를 떠받치고
그의 앞에 서다

그는 내 그림틀 속
정지된 사진이다
순간은 곧 영원이기도 하니까

자유인의 사랑

불필요한 의문의 꼬리는
떼어낸 지 오래되었어요

당신은 하도 오래된
친구 같은 애인이어서
멀리 풀어 놓아도
고삐 달린 우직한 소같이
내 외양간으로 돌아오곤 하지요

우리는 자기 세계에
늘 갇혀 있어서
손을 잡고 걷다가
갈래 길을 걷다가
비눗방울로 제각기 겉돌아
가라앉는 조용한 시간이면
별말 없는 듯해도
깊은 말을 건네지요

'오늘도 무고한 거야'
'그래 무고하면 됐지'

길이 맞닿기 전
서로 잠시 길을 잃었을 뿐

한쪽 눈은 가리고
남은 한쪽 눈으로
너의 멋진 부분만 볼 거야
너는 나의 마지막 사랑

가을 길에 서면

낡은 시절 속
아지랑이 같은
그대가 살고 있는지

내 안쪽에는
계절을 타고 다니는
검불 몇 개 날아

남쪽 창밖 눈부시게
은행잎 깔리는 그 길로
가끔은 그대 오시는지

낡은 기억 물들이며
낙엽 몇 잎 머리에 얹고서

시간의 방향

흐름 속 빛바랜 만추의 길엔
아직 멈추지 않은 심장에
금 초침이 마구 뛰어가고 있다
애초 시간은 아껴도
저축이 되지 않는 소모성

주어진 시간의 운명에 초침을
심장에 박고서
예지력으로도 점칠 수 없는
세계를 열고 닫았다

하루하루 주어진 순간
우리는 주님께
감사하고 순응하는
겸손으로 살아야 한다

나의 것이라고 생각하는
모든 것은
나의 것이 아니므로

가지를 품은 새에게

나는 물푸레나무로
푸르게 물들어서
항상 당신을 기다립니다

우울이 잎을 타고 올라올 때
사방 뻗치고 있는 가지 위에서

내 이야기를 듣고 있는 새 하나가
잘린 가지의 상처를
살포시 만져 주면

나는 물그림자로
오래 지치도록 묶이어도
발이 저리도록 서 있어도
당신의 안식처로
남아 있을 수가 있어

기꺼이 겨울 다 가도록
기다립니다

당신이 언제 내게 올까
두 팔 흔들며

몽환 속 어린 시절 — 1

산동네 버들잎 사이
봄은 더디게 오는지
떠도는 행성 어디쯤
얼음 위로 발 구르고
산천을 뒤집기 몇 해

순간 죽어 다시 사는
계절의 운행 속에
깊은 겨울은 숨어 사는지

차마 만삭인 달은
허물지도 못하고
한참을 산바람으로 뒤채며
어릴 적 그곳을 찾아가지
몽환 속 어린 시절

몽환 속 어린 시절 — 2

적적한 고요 속 발 담그어
산바라기에 오랫동안 머물면
이제껏 모든 시름 젖힌 듯

나는 오늘
몽환 속을 헤매다 돌아오네
걷잡을 수 없는
그리움 자라 우거지는 숲

어릴 적 내 아버지
외딴 왕국 색종이 나라
아! 아버지는 나에게
그지없는 푸른 창공 같아서

기약 없는 약속 — 1

파편이 튕긴 면경 속
흉터가 선명한데
깨진 면경 안으로
왜 물결 흐리어
흔들려 오는 겁니까

취기에 오른
고독을 퍼뜨리면서
기웃대고 있는 수양버들잎
물구나무 헤뜨리고서

실개천 돌고 나면
잊었던 약속
손잡아 어디서 피고 있는지
아직 믿고 싶은 맹세로
다시 오고 있는지

기약 없는 약속 — 2

당신을 볼 수 있는 건
해 아래 건지는 꿈같은 일

실 안개 번지는 노을 가에 서면
당신의 얼굴은 노을로 젖어오고

왜 나는
시름에 젖은 마음을
자꾸 뒤척이고 있는가

기억의 넝쿨 속을

쇠잔한 베개 위
머리카락 눕힐 때
잠들지 않은 밤은
한껏 헝클린
기억의 넝쿨처럼 자랄 겁니다

그 속에 숨어 슈퍼 문 뜨는
당신의 나라는
유난히도 눈동자같이 밝습니다

내가 얼마나 그 나라에
다다르고 싶어 하는지
당신은 모를 겁니다

날개옷

그는 옷을 감추면
그만인가 싶어
내 옷을 깊숙이
감춰 두었지

감춘 내 옷에
그동안 날개가 자랐는지

어느 날
나는 날개옷을 입고
마음껏 나는 철새가 되었지

외톨이

어떤 날은
사람이 너무 그리워
자폐증에 걸려
속엣말을 키운 지 수십 년

어떻게 놀아야 될지
노는 방법을 몰라
방치된 지 수십 년

공허한 창 앞에
각색 꽃을 심고
말을 걸어 보기로 했지

꽃은 바람 곁만 출렁일 뿐
눈만 맞추고는 묵묵부답

팔랑개비

너는 소꿉친구이자 나의 애인
어느 날 너는 나에게 말했지
"저 애는 무덤까지
따라올 것 같아"

그래,
요람에서 무덤까지
갈 수 있는 인연이라면
그 얼마나 좋으리

너가 내게 온 이후
바람은 몇 개의
머리끝만 날릴 뿐
진정한 바람도 되지 못하고
머리카락도 쓸어내리지 못했지

나는 너의 바람에만
돌고 있는 팔랑개비

외로워 시인이 되다 — 1

말이 익으면
광기에 오른 말들이
절벽을 타고
미친 듯 떨어져 내린다

그동안
어둠의 터널에 있던
나의 부드러운 밍크여
내 목덜미를 감싸다오

나는 엄동설한 입마저 어는
추운 우리 속에 갇혀서
내 주위는 삭막하다 못해
온종일 바람 소리조차
다녀가지 않았으니

외로워 시인이 되다 ─ 2

침대는 음울로
아침부터 시도 때도 없이
오지 않는 잠을 부르다
저무는 장소

미치기 직전 나는
사람들 속으로 가기 위해
날마다 말의 취기에서
무료함을 벗겨 내며
살기로 했다

침묵은 내게 어림도 없다
나는 얼음을 제치고
경칩에 청개구리로
입을 열었으니

숨어 있는 집

침대는 음울로
아침부터 시도 때도 없이
오지 않는 잠을 부르다
저무는 장소

미치기 직전 나는
사람들 속으로 가기 위해
날마다 말의 취기에서
무료함을 벗겨 내며
살기로 했다

침묵은 내게 어림도 없다
나는 얼음을 제치고
경칩에 청개구리로
입을 열었으니

등 푸른 기억

머리 갈래 사이에서
넘치는 생각들
예전에 감추어 두었던
등 푸른 고기가 떠다니다가
뼈만 남은 가시로
손끝을 찔렀다

빨리듯 젖어 번지는
묵은 글자들
클릭할까 삭제할까
망설이다가
수로에 비치는
모습을 들여다보다
그만 덮기로 했다

나 — 1

오랜 침묵으로 잠겨 있으면
느려지는 지구에 자전 속도같이
오히려 편해질 때가 있다

바다 밑으로 침전되어
가라앉는 도시여
몇 세기에 사라진 모형일까

잃어버린 세계에
너울대는 바람으로
나부끼다 보면
촘촘히 얽히어
연륜으로 주름진
얼룩무늬의 나

나 — 2

몰래 섬유질을 좀먹듯
잘린 시간의 유영의 밑은
내 끊임없는
헛발질이 있었을 뿐

허방에서도
아직 무엇이 있을 듯
착각하며
거꾸로 일어서는
오랜 동굴 속 종유석같이

지구 한 모퉁이를
차지하고 서 있는 나

미지의 세계의 당신 — 1

당신이 건네준 꽃 몇 송이
책 속에 간직했더니
시든지 모르게
어느 날 부서져 버렸습니다

나는 당신의 목을 감고
오랫동안 내리는
줄기찬 넝쿨로
상상의 나라에서
푸르게 안고 돕니다

몇 해 동안 사라진
환희의 정원의 둘레는
화려하고도 아름다웠습니다

미지의 세계의 당신 — 2

생텍쥐페리
당신의 세계는 신비롭고
먼 곳에 있어
당신은 세상에서
가장 찬란한 꽃을
찾아 떠났겠지요

아마 그 꽃은
천상의 꽃일 테지요
나는 먼 세계
알 수도 없는 곳에 당도하여
돌아오지 않은
당신이 남긴 글을 가슴 설레며
읽다 덮습니다

제 길을 잃고

겹치는 파동의 물결
앞 아파트 창은 환한데
불을 켜 놓은 채
가만히 생각의 불을 끈다

교차로에 가로 질러다니는
불빛이 취한 듯 길 잃은 밤

나도 언젠가
갈림길 위에서
서성일 때가 있었지

산다는 것은

그래
인생은 복불복이지
그래서 아직 살아남았던 거야

생명을 복권 한 장 같이 쥔
삶의 연장선에서
너무 많이 기대하지 말어

하염없이 흐르는
강을 품은 이도
결국 잊어가는 일이지

우리의 사이는 ― 1

우리는 심장의 척도를
애써 헤아릴 필요가 없다
너는 어릴 때 내 소꿉친구
성장을 멈추고 있는
아이로 남아서

우리 넓은 공간을
재고 다니다가도
그 반경을 벗어나면
두려운 아이같이
속박되지 않아도
외로울 때마다
서로 심중 깊은 곳으로 와
속박 되고 싶어 했다

우리는 한 쌍의 사슴이 되어
숲으로 가고 싶은 날
사슴 관을 잘라 내도
끊임없이 자라나는
사슴뿔의 안테나에
주파수를 맞추며
야생풀로 무지하게 번져서
되돌아오곤 하였다

우리의 사이는 — 2

우리는 수많은 날을 떠돌아도
고향 우물 맛 같은
맛을 느껴 본 적이 없음으로
고향 우물을 찾아와
노을로 물들다
저물곤 했다

우리는 부재중인
먼 곳에서도
간간이 문턱을 넘는
발자국 소리까지
하지 않은 말까지
공명으로 울리고 있어

눈을 감아도 속엣말을
점자로 더듬어
읽을 수가 있고
들을 수가 있다

그래서
우리는 얼크러져 끌어 앉는
칡넝쿨 같은 사이다

문득 오늘 밤은 ─ 1

당신과 늘상 거닐던 거리는
색채가 다양한
미술관으로 변하고
사람들이 밀려다니는
도시의 잡음도
음악 소리로 퍼져 나갔습니다

그 하루는 싱그러운
줄기를 타고 내려오는
능소화 주위를 맴도는
벌들의 부산한 여름을 즐기다가

시간이 멈추는 풍경 속
해 저물도록 기웃거리다
지치도록 걸어 집에 다다르면

저녁 얼마 남지 않은 자투리 시간
식탁 위 고향 향수가 담긴
찐 옥수수 몇 개

고등어 반찬 조촐한 식사도
욕심 없는 시간이었습니다

문득 오늘 밤은 — 2

여름밤
옥상 난간으로 가서
어둠에 빛이 반사되어 오는
거리를 바라보다
찬연히 별빛이 등 뒤를 감고
당신 어깨에 기대어
등나무 주머니에
이야기를 묻어 두는 집

그 집을 떠나와
문득 묵은 생각이
불을 켜고 날아오르는
두바이 벌판 너머로
울렁이며 흔들리는
야자수 그늘에 잠겨서

나 오늘 밤은
당신 벽을 적시는 비로
창문을 두드리면
두드리는 창을 열고
먼 곳을 응시하는
당신을 바라보다
벽을 기어오르는
넝쿨로 우거지며
잠들어도 좋겠습니다

잠언의 기도

내가 늘 당신 말에 귀 기울이고
언제나 당신의 뜻을 헤아리고
깨닫게 해 주세요

항상 나눔에
힘쓸 수 있게 해 주시고
모든 것이 당신의 눈 속에서
사랑으로
바라볼 수 있게 해 주세요

늘 비움과 감사함으로
감사할 줄 아는
사람이 되게 하시고
화냄을 더디게 하시고
많은 사람에게 축복의 마음만
가득하게 해 주세요

남의 허물은 덮고
자신을 철저하게 다스릴 수 있는
사람이 되게 해 주시고

불쌍한 이를 긍휼한 마음으로
바라볼 수 있게 해 주시고

받은 배려는 갑절로 갚아서
복 있는 사람이 되게 해 주세요

언제나 내 죄는
번개처럼 빠르게
볼 수 있게 해 주세요